LETTRE

A

M. SALAUN.

LETTRE

A

M. SALAUN.

La critique eſt aiſée, & l'art eſt difficile.
DESTOUCHES, *Coméd. du Glorieux.*

A LAUSANNE;

Et ſe trouve A PARIS,

Chez VALADE, Libraire, rue Saint-Jacques,
vis-à-vis celle des Mathurins.

1774.

LETTRE

A

M. SALAUN.

Otium impendere vero.

Je viens de lire, Monsieur, le joli petit Pamphlet (1), dans lequel vous vous *extafiez* (2) délicieufement, tant à complimenter votre illuftre Coryphée (3) qu'à *déchirer* avec un acharnement ridicule & une prévention décidée, les membres les plus refpectables & fapper les colonnes les plus fermes de la Littérature; le tout pour l'édification des Lecteurs & la propagation du goût (4). Le ciel béniffe votre entreprife! elle eft louable; & je n'aurais que des actions de graces à vous rendre de m'avoir mis au nombre des célèbres victimes (5) que vous avez cru devoir immoler au foutien de la bonne caufe, fi vous vous fuffiez contenté d'attaquer mes vers. Eh! pourquoi donc ne l'avez-vous pas fait? Cela vous était fi facile! la matière était fi riche! Convenez-en de bonne-foi; vous avez eu grand tort; &, ce qu'il y a de plus fâcheux pour vous, je ne ferai pas feul de mon avis.

A 3

J'ai tout lieu de croire, Monſieur, d'après ce que vous avez écrit, que vous n'avez jamais lu mes pitoyables Opuſcules ; autrement auriez-vous pu dire, ſans déraiſonner, que

Charmé de mon eſprit, & plus content qu'un Roi,
Je compoſais des vers, ſans ſavoir trop pourquoi (6).

Auriez-vous oſé avancer que *je me croyais un aigle, depuis que le Mercure était devenu la ſauve-garde de mes Poëſies.* Si cependant vous avez eu la patience de les lire, (vous le deviez au moins pour acquérir le droit d'en parler) ne ſuis-je pas fondé à vous demander où vous pouvez avoir trouvé que j'étais *charmé de mon eſprit, que je me croyais un aigle,* &c. La queſtion eſt claire ; qu'en penſez-vous, Monſieur ? Je crois que je m'explique. Il ne tiendra pas à vous que je ne paſſe dans l'eſprit du Public, qui n'eſt pas obligé de me connaître, pour l'homme le plus impudent & le plus vain. Eh ! quel défaut encore avez-vous choiſi pour m'en faire un ridicule ? Celui préciſément qui eſt le plus oppoſé à mon caractère. Vous aviez, je le répète, tant de bonnes choſes à dire, tant d'excellentes plaiſanteries à faire ſur mes pauvres Rimailles, pourquoi vous être égayé aux dépens de mes mœurs ? Que n'avez-vous dit, par exemple ?

Sans mérite, ſans goût, tranſi ſur l'Hélicon,
Willemain dans ſes vers défigure Thompſon (7).

Tout le monde aurait applaudi : j'aurais même été le premier à donner l'exemple : votre gloire alors eût été légitime, & vous pourriez vous repoſer ſur vos

lauriers. Mais vous ne l'avez pas voulu ; vous avez
fans doute eu vos raifons. J'efpère néanmoins, Monfieur, qu'à l'avenir, vous obferverez que l'Ecrivain
eft toujours indépendant de l'homme, & qu'en atta-
quant l'un, on doit refpecter l'autre. J'efpère auffi
que dans la première édition de votre élégante Satyre,
(elle eft de nature (8 à en avoir plus d'une) vous
voudrez bien fubftituer à mon article celui que j'ai
eu l'honneur de vous indiquer, ou tel autre que vous
jugerez à propos. Si mon exemple eft fuivi & que
vous foyez docile, vous parviendrez peu-à-peu à
mettre votre ouvrage à côté de celui de votre mo-
dèle (9), que vous n'avez malheureufement encore
imité que dans fon injuftice.

Votre petite bévue à mon égard, Monfieur, m'en
rappelle une de votre héros, qui dans la feconde
édition de fon beau Livre des *Trois-Siecles*, a eu la
bonté d'ajouter à mon article, que *la médiocrité de
mes Poëfies n'avait pas empêché l'Auteur du Mercure
d'en faire l'éloge* (10). Je ferais bien charmé qu'il
daignât m'apprendre dans quel endroit *l'Auteur du
Mercure a fait l'éloge de mes vers.* Il eft fi doux de
s'entendre louer, fur-tout quand on eft *charmé de fon
efprit* & qu'*on fe croit un aigle !* Que M. l'Abbé Sabatier
me rendrait un grand fervice, en m'indiquant la fource
où il a puifé cette belle découverte ! Peut-être a-t-il
pris pour un éloge tacite l'indulgence de M. de la
Combe (11 . Je crois qu'à cet égard, il n'aurait
pas encore raifon. Au furplus, je fuis plus fâché pour
lui que pour moi de cette légère inconféquence, que

je n'ai pas cru néanmoins devoir laiſſer ſubſiſter ſans réplique (12).

Revenons à vous, Monſieur : il s'agit de vous convaincre de la futilité de votre aſſertion ; &, pour ce, je joins ici une petite Epître qui ne peut manquer de vous tirer d'erreur. Vous êtes trop *ami de la vérité* pour ne vous pas rendre à l'évidence. Vous direz peut-être que je l'ai arrangée tout exprès pour la circonſtance ; mais je préviens votre objection & je me hâte de vous apprendre qu'elle eſt faite depuis près de trois ans ; que depuis plus de deux, elle eſt connue de quelques Gens de Lettres qui m'honorent de leur eſtime & de leurs conſeils, & qu'enfin elle a été imprimée l'année dernière, avec une autre Epître que j'adreſſai alors à MM. S*******., C******. & Compagnie. Je n'y ai point fait la moindre correction, quoique j'en euſſe beaucoup à y faire, & vous devinerez facilement pourquoi. Telle qu'elle eſt, liſez-la, Monſieur ; liſez-la : ne dût-elle ſervir qu'à vous faire expier (13) les injuſtices, les inconſéquences (14) & les mal-adreſſes de votre Satyre, je ſerai pleinement ſatisfait. Liſez-la, dis-je, & vous y verrez que je ne ſuis point *charmé de mon eſprit*, que *je ne me crois point un aigle*, & qu'enfin, *ſi je fais des vers, je ſais pourquoi*.

On ne peut rien ajouter aux ſentimens diſtingués avec leſquels j'ai l'honneur d'être, MONSIEUR, votre très-humble & très-obéiſſant ſerviteur,

W... D'A B***.

Paris, le 11 *Avril* 1774.

MA PROFESSION DE FOI,

EPITRE

A M.ES A M.I S.

Je ne mets aucune politique dans la Littérature.
VOLT.

Je n'ai point la fotte manie
D'annoncer, la trompette en main ;
Des prétentions au génie :
Je fuis un bon diable d'humain
Qui rimaille par fantaifie.
Je fçais que j'ai peu de talent,
Que mes vers font fans harmonie,
Et j'en conviens ouvertement :
Jouir eft toute mon envie.
Si mon cœur amoureux gémit
Loin des charmes de ma maitreffe,
Pour calmer la fombre trifteffe
Où mon être abforbé languit,
Je cours aux rives du Permeffe ;
Et, quand Apollon me fourit,
Aux pieds de l'objet que j'adore
Je revole plus tendre encore,
Et mon amour s'en applaudit.

Je voudrais vivre en la mémoire ;
Ce ferait le vœu de mon cœur :
La gloire eft douce ; mais la gloire
Coûte un peu trop cher au bonheur :

Plus de repos & moins d'honneur,
Je laiffe à d'autres la victoire,
Et fuis fon humble ferviteur.
Que j'entaffe Tome fur Tome,
Que je me confume à grands frais,
Pour courir après un fantôme
Que je n'attrapperai jamais !
Non, je veux dans l'infouciance,
Si je puis, couler mes beaux jours :
Je fuis né pour l'indépendance,
Je ne me rendrai qu'aux amours.
Si par hazard dans mon afyle
La gloire un jour portait fes pas,
Sans ceffer de vivre tranquille,
Je pourrais lui tendre les bras :
J'accueillerais l'enchantereffe,
Ainfi qu'un convive amufant :
Elle n'obtiendrait cependant
Que la gauche de ma maitreffe :
Si cela ne l'arrangeait pas,
Adieu, madame la Déeffe ;
Jamais nous n'aurons de débats.

Je ne fuis d'aucune cabale,
Je ne connais auçuns partis :
Je dis quelquefois mon avis ;
Mais dans une balance égale
Je pefe tout, grands & petits.
Quand on m'apporte quelqu'ouvrage,
Avant d'en parler, je le lis :
Souvent je donne mon fuffrage,
Et je ne fçais pas même à qui :
Fût-il enfin mon ennemi,
Le grand homme aura mon hommage,
Dans le fait, n'ai-je pas raifon ?

Il faut ſuivre ſon caractère :
Sans redouter le grand F****.,
J'applaudis tout haut à Voltaire.
Ses ennemis, gens très-fameux,
A coup ſûr m'en feront un crime (15) :
Quand on ne penſe pas comme eux,
Il faut bien être leur victime :
Un certain Monſieur S******. (16),
Savant bourſouflé de mérite,
A daubé ſur moi l'an dernier,
Comme ſur un Auteur d'élite.
Il eut grand tort, en vérité ;
Que ne me laiſſait-il bien vîte
Expirer dans l'obſcurité ?
Il a cru dans ſa morgue vaine,
Excroquer l'immortalité ;
Il s'eſt donné bien de la peine,
Et n'en eſt pas plus avancé.
Mille & mille gens ont penſé
Qu'il n'avait pas la tête ſaine ;
Je n'en ſçais rien, abſolument
Rien ; mais je ne ſuis point ſevère,
Et j'imaginai bonnement
Que ce perſonnage éloquent
Eût fait beaucoup plus ſagement
De s'en tenir à ſon bréviaire.

C'eſt à vous, ô mes bons Amis,
Que j'adreſſe mon bavardage :
Vous ſeuls en faites tout le prix,
Vous en devez avoir l'hommage.
Quand vous m'avez ſollicité
De publier ce radotage,
Je ne vous ai point réſiſté.
J'ai toujours cru, ſans ſuffiſance,

Que les petits vers décousus,
Echappés à mon indolence,
Ne méritaient pas d'un refus
L'orgueilleuse & vaine importance.
Je les ai faits pour m'amuser ;
Je les donne sans conséquence :
C'est au Public à prononcer.

W... D'AB***.

N O T E S.

(1) Cette Brochure exquife, toute faupoudrée d'un fel attique fi fin, fi fin qu'on ne le fent pas, eft intitulée : *Imitation de la neuvième Satyre de Boileau.* M. Salaun eft, dit-on, connu dans la république des Lettres par quelques Epigrammes dont il a eu la charité d'émouffer la pointe, de peur qu'elle ne blefsât, & par de petites Brochures un peu plus que fatyriques. Je n'en fais rien ; mais je n'ai pas de peine à le croire.

(2) Arouet *s'extafie* à *déchirer* Nonotte.

Vers de M. S*****.

(3) M. l'Abbé Sab.*** de C.***, Auteur des *Trois-Siecles*. Ce Livre fera pour nos neveux un monument précieux de l'extravagance & de la fottife des Zoïles du dixhuitième fiecle.

(4) » Dans un fiecle où tout devient problême, dit » M. Salaun ; où tout eft, pour mieux dire, décidé con » tre les principes & la raifon ; où ceux qui défolent la » patrie, ofent fe vanter de la fervir ; où le délire pro » nonce fans ceffe le nom de la vérité qu'il outrage ; où » les éloges font pour la baffeffe & l'intrigue, je ne vois » rien de plus digne d'une âme ferme & courageufe que » de s'oppofer au torrent, & de s'écrier avec Juvenal : » *Semper ego auditor tantùm* « ? Français, tombez aux genoux du libérateur de la patrie ; rendez hommage à fa rare valeur ; décernez-lui la couronne civique, & qu'une ftatue foit le prix de fes nobles travaux !

(5) MM. de Voltaire, d'Alembert, Thomas, de Saint-Lambert, Marmontel, Diderot, de la Harpe, &c &c. M. Salaun a eu la complaifance de me placer entre MM. de Voltaire & de la Harpe : je ne me trouverai jamais en

meilleure compagnie, & j'aurais bien tort de me plaindre de l'honneur qu'il m'a fait : auffi je ne m'en plains pas.

(6) Une légère tranfpofition de mots aurait rendu ce vers un peu plus coulant ; mais la négligence fied à la beauté.

(7) Poëte Anglais, qu'on peut nommer avec raifon, *le peintre des graces & le chantre de la nature*. Quel feu ! quelle verve ! quelle imagination ! J'ai le bonheur de fentir fon mérite & la témérité de vouloir faire paffer en ma langue quelques-unes des beautés qui le caractérifent. Je fens mieux que tout autre la difficulté de cette entreprife, & je n'en ai que plus d'ardeur. Ce n'eft, je le fais, qu'à force de confeils & de travail que je parviendrai peut-être finon à faire un bon ouvrage, du moins à mériter quelque peu d'indulgence. Je cherche avec avidité les avis des Critiques éclairés & judicieux qui veulent bien guider mon inexpérience, & je n'épargnerai ni mes foins ni mes peines pour les mettre à profit. Si, malgré cela, je ne réuffis point, je me confolerai en difant avec notre bon La Fontaine, fur les traces duquel j'ai quelquefois auffi effayé de me traîner * :

J'aurai du moins l'honneur de l'avoir entrepris.

(8) Eh ! pourquoi pas ? Les *Trois-Siecles* ont bien eu cet honneur. Il eft vrai qu'il en pourra peut-être coûter cher à quelqu'un ; mais qu'importe ? On ne faurait trop fe louer, foit dit en paffant, de l'honnêteté du défintéreffé M. Sabatier, qui non content d'avoir confidérablement augmenté fon Livre, s'eft bien donné de garde de publier un Supplément pour completter la première édition. Nos bons Littérateurs ne font pas, à beaucoup près, auffi honnêtes : comment les regarde-t-on ?

---

* L'Auteur de cette Lettre doit publier à la fin de l'année un Recueil de Fables.

(9) Boileau, le plus grand verſificateur dont la France puiſſe ſe glorifier : preſque tous ſes Ouvrages ſont des chef-d'œuvres. On en ſentirait encore mieux le prix, s'il n'avait pas quelquefois excédé les bornes de la ſatyre, & s'il eût montré moins de partialité & plus de juſtice à l'égard de Quinault & de Perrault qui marchent aujour-d'hui ſes égaux.

(10) Je cite de mémoire ; mais je ne me trompe pas quant à la penſée.

(11) Si j'obtiens jamais quelques ſuccès, c'eſt à M. de la Combe que j'en ſerai en quelque ſorte redevable : il m'a mis à portée de recueillir des avis ; & des avis valent mieux que des louanges.

(12) La critique impartiale, honnête & déſintéreſſée, me flattera toujours davantage qu'un éloge, tel qu'il ſoit. Je ſuis jeune encore, j'ai très-peu de talent, & je ſuis plus ſujet à broncher que tout autre. Avec quel empreſſement ne dois-je pas rechercher le flambeau de la vérité ? Combien ne dois-je pas aimer ceux qui daignent me préſenter ſa lumière & me mettre à même d'élaguer mes fautes qui ne ſont que trop nombreuſes. La critique indécente & partiale ne m'inſpirera jamais que le ſentiment du mépris & de la pitié ; mais toutes les fois qu'on m'attaquera ſur des principes qui tiennent aux qualités de l'honnête homme ou de l'homme honnête, c'eſt alors que j'éleverai la voix pour me défendre ; & les moins indulgens ſeront forcés, tout en faiſant le procès à mes vers, de rendre juſtice à mon cœur.

(13) Une centaine de méchans vers à lire ſont une aſſez rude pénitence : qui le fait mieux que moi ? J'ai lu toute entière la Satyre de M. Salaun.

(14) Il faudrait avoir plus de tems à perdre que je n'en ai pour relever toutes les inepties dont fourmille la Brochure de M. Salaun. Je n'en citerai qu'une des mieux caractériſées, & ſur laquelle je ne me permettrai aucune

réflexion. Il n'y a point de Lecteur qui ne foit en état d'apprécier de tels paradoxes. Les Lettres, dit M. Salaun,

Les Lettres font en proie à d'infolens pygmées.

Eh ! quels font ces pygmées ? *Voyez* la note 5, pag. 13.

(15) Je ne croyais point avoir fi bien deviné ; mais j'aime mieux être le jouet ou la victime, que l'organe ou le partifan de l'envie. Je me confolerai bien facilement de l'oubli de mon fiecle, fût-il injufte ; mais je ferais au défefpoir de paffer à la poftérité à la fuite des Zoïles, des Garaffes, des, &c. &c. &c.

(16) J'enchâffai l'année dernière, dans cette bagatelle ce vers & les vingt fuivans : ils étaient analogues à la circonftance, & me parurent naturellement y trouver place.

P. S. On vient de m'apprendre qu'on trouvait dans les *Etrennes du Parnaffe*, publiées cette année, le motif de la fortie que le *hargneux* M. Salaun a faite contre le *hargneux Editeur de l'Almanach des Mufes.*

FIN.